Les plus beaux contes

*

Blanche-Neige
&
La Belle au bois dormant

Blanche-Neige

Il était une fois une princesse qui s'appelait Blanche-Neige.
Sa peau était blanche comme la neige, ses joues rouges comme des petites pommes et ses cheveux noirs comme l'ébène.
Alors que Blanche-Neige était petite, sa maman mourut.
Son père, le roi, se remaria avec une très jolie femme qui devint la belle-mère de Blanche-Neige.
Très vite il apparut que la nouvelle reine était mal intentionnée, très peu gentille et qu'elle détestait Blanche-Neige.
Voilà pourquoi elle lui fit donner une petite chambre dans une aile éloignée du château.
Blanche-Neige se sentait très seule et très malheureuse.
Aussi pour se consoler, elle soignait les fleurs et parlait

aux petits oiseaux qui venaient se poser sur l'appui de fenêtre de sa chambre.
La reine était non seulement méchante mais encore orgueilleuse; elle ne pouvait supporter l'idée qu'une autre personne fût plus jolie qu'elle.
La reine possédait un miroir magique qui parlait et qui disait toujours la vérité. Chaque soir, la reine s'adressait à son miroir et lui demandait: “Miroir, miroir, qui est la plus belle en ce royaume?”
Et le miroir répondait: “La reine est la plus belle en ce royaume.”
Alors, la reine satisfaite souriait parce qu'elle savait que le miroir ne mentait jamais.
Les années passèrent, Blanche-Neige grandissait et, à son insu, devenait de plus en plus jolie.
Un jour, la reine s'adressa à son miroir:
“Miroir, miroir, qui est la plus belle en ce royaume?”

Cette fois, le miroir répondit:
“O Reine, Vous êtes assurément toujours très belle, mais Blanche-Neige est à présent mille fois plus belle.”
La reine fut fort surprise de la réponse du miroir et se fâcha terriblement.
Elle en devint malade de jalousie et en perdit le sommeil. La nuit, elle se tournait et se retournait dans son lit.
Après quelques semaines, n’en pouvant plus elle convoqua le chasseur.
“Chasseur, emmène immédiatement Blanche-Neige dans la forêt et tue-la,” lui ordonna-t-elle. “Et pour me fournir la preuve de sa mort, tu m’apporteras son coeur dans un petit coffret.”
Le pauvre chasseur ne savait plus quoi faire car il aimait beaucoup Blanche-Neige.
Il l’emmena dans la forêt. Soudain, il eut une idée.

“Fuis,” dit-il à Blanche-Neige, “fuis le plus loin possible afin que la reine ne te retrouve jamais.”
Et Blanche-Neige s’encourut. Le chasseur tua alors une biche, la dépeça, et mit son coeur dans le coffret.
Ensuite il le remit à la reine.
Cette méchante femme fut ravie!
De son côté, Blanche-Neige désespérée errait dans la forêt.
Comme elle ne savait où aller, elle pleura amèrement.
Dans la soirée, elle vit soudain une petite maison blanche. Curieuse, elle s’en approcha, ouvrit prudemment la petite porte et pénétra dans la chambre sur la pointe des pieds. Tout ce qui s’y trouvait était de petite taille!
Dans la chambrette, sur la petite table se trouvaient sept petites assiettes et sept petits gobelets. Blanche-Neige s’assit sur un petit tabouret, mangea les bonnes choses

qui restaient dans les assiettes et but tout le jus de groseilles qui restait dans les petits gobelets.
Puis, elle s'allongea sur un petit lit et s'endormit.
Peu de temps après, les sept nains qui venaient du coeur de la forêt, arrivèrent chez eux. Ils avaient travaillé toute la journée dans la petite mine. Ils étaient bien fatigués et avaient grand faim.
Sifflant et chantant, ils revenaient à la maison.
Mais quelle surprise lorsqu'ils poussèrent la porte!
"Qui s'est assis sur ma chaise?" s'exclama le premier petit nain. "Qui a mangé dans mon assiette?" enchaîna le second.
"Je n'ai plus de jus de groseilles," se plaignit le troisième.
Tous réclamaient, et c'est alors que le plus petit s'écria soudain: "Il y a quelqu'un qui dort dans mon lit!"
Les sept petits nains, les yeux écarquillés et la bouche

ouverte, se mirent autour du lit de Blanche-Neige. L'aîné voulut la réveiller mais les autres l'en empêchèrent. "Ne vois-tu pas qu'elle est très fatiguée, sinon elle ne dormirait pas si profondément.
C'est certainement une princesse, regardez comme elle est belle!"
Les nains se mirent silencieusement en cercle autour du lit et veillèrent ainsi toute la nuit. Ils respiraient tout doucement et c'est à peine s'ils osaient bouger.
Quand Blanche-Neige s'éveilla le lendemain matin, elle vit les sept petits hommes autour d'elle. Ils avaient l'air si gentils avec leurs longues barbes blanches et leurs petits habits multicolores! Se sentant en confiance, elle leur raconta ce qui lui était arrivé. Les petits nains en furent tout indignés. "Comment une belle-mère peut-elle être aussi mauvaise!" se demandèrent-ils. Ils décidèrent de garder Blanche-Neige chez eux. Elle reçut

pour mission de garder la maison et surtout de ne laisser entrer personne.
Mais un beau jour, la reine interrogea à nouveau son miroir.
“Miroir, miroir, qui est la plus belle en ce royaume?”
Et le miroir de répondre:
“O Reine, votre beauté éclate aux yeux,
Mais par delà les montagnes,
Chez les sept nains joyeux,
Blanche-Neige est mille fois plus jolie.”
La reine comprit alors que le chasseur l’avait trompée.
Elle se mit en colère comme jamais encore elle ne l'avait fait. Sans tarder, elle courut à la cave pour compulser son grand livre de magie.
Elle marmonna une formule magique et se transforma soudain en une pauvre vieille femme, une simple petite marchande de pommes.

Elle s'en alla sur-le-champ et passa même les montagnes en direction de la maison des sept nains.
"Des pommes, des pommes, de bonnes petites pommes," cria-t-elle d'une voix tremblante à la fenêtre de la maison où Blanche-Neige faisait le ménage.
"Puis-je entrer?" demanda-t-elle. Mais Blanche Neige se souvint qu'elle ne pouvait laisser entrer personne.
La petite vieille continua: "Comme tu es très courageuse, je te fais cadeau de ma plus belle pomme," et par la fenêtre ouverte elle offrit à Blanche-Neige une belle pomme rouge et luisante.
La petite princesse n'y voyant aucun mal accepta, remercia la petite marchande et croqua la pomme à belles dents. Mais la pomme était empoisonnée et Blanche-Neige s'écroula inanimée.
Lorsque la méchante femme s'en aperçut, elle s'enfuit en ricanant.

Le soir, à leur retour, les petits nains trouvèrent leur chère Blanche-Neige allongée sur le sol, sans vie. Ils étaient désespérés et leur chagrin était indescriptible. Ils parlèrent à Blanche-Neige, la caressèrent mais malgré tous leurs efforts, la belle princesse ne bougea plus. En pleurs, ils la revêtirent d'une longue robe blanche et la déposèrent dans un cercueil en verre. Le cercueil fut placé au pied d'un vieux chêne et tous les animaux de la forêt, le coeur rempli de tristesse, vinrent lui dire adieu. Un beau jour, un prince qui voyageait à travers bois, vit le cercueil.

Il arrêta sa monture et contempla longuement Blanche-Neige. Les petits nains lui firent alors le récit des événements.

"Ce n'est pas possible, elle n'est pas morte," murmura le prince.

Il ouvrit le cercueil en verre et embrassa prudemment

Blanche-Neige sur la bouche. Il attendit un moment et, lentement, très lentement, la petite princesse ouvrit les yeux.
Après qu'ils se furent raconté leur vie, le prince charmant demanda Blanche-Neige en mariage. Elle accepta car elle était tombée amoureuse du prince.
Leur mariage donna lieu à une grande fête dans la forêt

et dans tout le pays.
Tout le monde rayonnait de bonheur et de joie.
Sauf la méchante reine qui fut jetée dans une oubliette et subit ainsi le sort qu'elle avait bien mérité.

La Belle au bois dormant

Il était une fois, dans un beau pays, un roi et une reine qui ne pouvaient pas avoir d'enfants. Ils en étaient très tristes.
Un jour, la reine se promenait dans le jardin le long de l'étang. Soudain une grenouille sauta devant elle.
"Gentille reine," coassa la grenouille.
La reine sursauta. Une grenouille qui parle, jamais elle n'avait vu ça!
"N'aie pas peur," lui dit la grenouille, "je ne te ferai aucun mal, mais écoute bien ce que je vais te dire. Ton voeu le plus cher sera exaucé. Dans un an, tu donneras naissance à une petite fille." Et, plouf, d'un bond la grenouille replongea dans l'étang.
Ce qui fut dit, fut fait: la reine mit au monde une petite fille. Elle était belle et gentille. Le roi et la reine étaient

fous de joie.
Aussitôt, on prépara une grande fête à laquelle on convia tous les habitants du royaume. On invita tout spécialement les sept fées qui devaient formuler des voeux de bonheur pour l'enfant.
Le jour de la fête, il régnait partout une atmosphère de joie. On dansa, on chanta en l'honneur de la petite princesse. Et voici que les fées s'avancèrent dans la salle des fêtes du palais.
"C'est bizarre," pensa soudain le roi, "elles devaient pourtant venir à sept." Mais les bonnes fées commencèrent à formuler leurs voeux et le roi n'y pensa plus.
"Tu seras toujours jolie," dit la première fée.
"Tu seras toujours aimable et gentille," ajouta la seconde.
"Tu seras généreuse," souhaita la troisième.

“Et intelligente,” dit en riant la quatrième.
La cinquième fée lui fit le cadeau de l’honnêteté. La sixième voulut formuler son voeu lorsqu’un nuage de fumée apparut soudain. La porte du palais s’ouvrit avec fracas et la septième fée entra dans la salle.
Qu’elle était fâchée!
“Ainsi, je n’étais pas invitée! Moi, la plus ancienne fée du pays! Moi, qui ai fait tant de bien!”
C’est alors que le roi réalisa qu’il avait oublié d’inviter la septième fée. Voilà donc pourquoi les fées étaient venues à six.
Le roi voulut présenter ses excuses, mais la vieille fée en colère ne voulut rien savoir et décida alors de se venger de cet affront.
“Et maintenant, voici mon voeu,” dit-elle. “Le jour de ses quinze ans, la jeune princesse se piquera à l’aiguille de la cannette d’un rouet et elle en mourra.” Puis, elle

quitta ensuite la salle en riant méchamment.
La reine se mit à pleurer. Heureusement, il restait une fée qui n'avait pas encore formulé son voeu.
"Je ne peux malheureusement pas effacer cette malédiction," dit alors la dernière fée, "elle est beaucoup trop forte. Toutefois, je peux l'atténuer." Elle s'adressa alors à l'enfant: "Petite princesse, tu ne mourras pas, mais tu dormiras pendant cent ans. Seul le baiser d'un prince pourra te réveiller."
Aussitôt le roi voulut protéger son enfant. Le jour même, il fit saisir tous les rouets du royaume pour les brûler sur un grand bûcher.
Il défendit encore de posséder un rouet. Quiconque ne respecterait pas cet ordre serait sévèrement puni.
Les années passèrent et l'un après l'autre les voeux des fées se réalisèrent. La petite princesse était jolie, aimable, gentille, intelligente et généreuse et tout le

monde l'aimait.
Depuis longtemps déjà on avait oublié la prédiction de la méchante fée. Puis, la princesse eut quinze ans.
Un jour qu'elle errait dans le palais, elle arriva dans une petite pièce située dans un des donjons.
Cette pièce était tellement à l'écart que jamais personne ne songeait à y aller. La jeune princesse poussa la porte.
Elle vit une petite vieille filant consciencieusement la laine sur un rouet. Elle n'avait jamais entendu parler de l'interdiction.
"Quel est cet objet?"
questionna la princesse curieuse.
"C'est un rouet," lui répondit gentiment la petite vieille.
"Pourrais-je l'essayer?" continua la princesse.
Celle-ci s'assit derrière le rouet et se piqua à l'aiguille de la cannette. Avec un petit cri de douleur elle retira vite le doigt, mais elle s'effondra tout aussitôt et sombra

dans un profond sommeil.
Le voeu de la méchante fée s'était donc réalisé!
Mais au palais, il n'y eut pas que la princesse qui s'endormit.
Soudain, chacun se mit à bâiller et, en peu de temps, les cuisiniers, les laquais, les valets et les ministres, le roi et la reine, les chevaux dans l'écurie, les pigeons sur le toit, le chien et le chat, tous, sans exception, se mirent à dormir d'un profond sommeil. Oui, chacun à l'endroit où il se trouvait.
Même le feu s'était endormi!
Les années s'écoulèrent. Autour du palais se dressait une muraille de branches pointues et de buissons.
Les habitants du pays n'y comprenaient rien parce que le roi n'avait jamais ébruité la malédiction de la méchante fée.
Aussi, racontait-on les histoires les plus sottes au sujet

du château et de la Belle au bois dormant, car c'était le nom que les gens avaient donné à la belle princesse endormie.
Bien souvent, les princes de passage tentaient de forcer l'entrée du palais mais toujours, les branches et les buissons les en empêchaient. Les épines piquaient et les branches des arbres étaient entrelacées.
Ainsi passait le temps. Après de longues années, seul le sommet des tours du palais restait encore visible.
Mais un beau jour, un autre prince arriva.
Il avait entendu parler d'une merveilleuse princesse endormie dans un palais à laquelle on avait donné le nom de la Belle au bois dormant.
Ce prince intrépide marcha courageusement, le sabre à la main, en direction du palais. C'était justement le jour du centième anniversaire du sommeil de la petite princesse. Le prince s'était préparé à se frayer un

chemin entre les branches et les buissons mais, lorsqu'il s'en approchait, ils s'écartaient spontanément et le laissaient passer. Après son passage, ils se refermaient tout aussitôt de manière à ce que personne d'autre ne puisse entrer. Sur son chemin, les fleurs jaillissaient des haies. C'était vraiment extraordinaire!
A l'intérieur du palais, le silence était tel que le prince pouvait entendre les battements de son propre coeur. Partout où il passait il voyait d'étranges scènes. Dans les cuisines, un maître queux s'apprêtait à gifler son marmiton, une servante tenait à la main un poulet à moitié plumé et le roi, debout devant le trône, avait encore la bouche ouverte pour achever la phrase qu'il prononçait avant de s'endormir.
Le prince s'aventura plus encore dans le château et arriva ainsi dans la pièce où reposait la Belle au bois dormant.

Pendant de longues minutes, il la contempla et éprouva un sentiment très tendre. Alors, il se pencha sur elle et l'embrassa délicatement sur le front. La Belle au bois dormant se réveilla, contempla le prince de son beau regard et lui dit: "Comme tu m'as fait attendre longtemps."
Ce furent les premiers mots qu'elle prononça après cent ans.
En même temps que la princesse, tout le palais se réveilla.
Le marmiton reçut sa gifle, la servante acheva de plumer le poulet et le roi termina sa phrase. Très vite le palais fut rempli d'une atmosphère de fête car le prince avait demandé à la Belle au bois dormant de l'épouser. Naturellement, la gentille princesse accepta. Leur mariage fut célébré dans le faste et l'allégresse. Ils vécurent heureux et eurent beaucoup d'enfants.